PARIS. IMPRIMERIE DE PILLET FILS AINÉ
5, RUE DES GRANDS-AUGUSTINS

avec tous les mss.
1865 (Avril 21) total. - 359,800 f

Vente du Vendredi 21 Avril 1865

MEUBLES PRÉCIEUX

ET

TABLEAUX

PROVENANT DE CHEZ FEU

M. le Prince de BEAUVAU, Sénateur

EXPOSITIONS { PARTICULIÈRE, le Mercredi 19 Avril 1865
PUBLIQUE, le Jeudi 20 Avril 1865

M⁰ Ch. PILLET et M⁰ DUBOURG

COMMISSAIRES-PRISEURS

MM. MANNHEIM et Ferd. LANEUVILLE

EXPERTS

CATALOGUE

DE

MEUBLES PRÉCIEUX

DU TEMPS DE LOUIS XVI

PAR RIESENER ET GOUTHIÈRES

VASES EN MATIÈRES PRÉCIEUSES

JARDINIÈRE EN VIEUX SÈVRES; PORCELAINES DE SAXE ET DE CHINE

Cassette à bijoux aux armes de Henri II et de Catherine de Médicis

TRÈS-BELLES TAPISSERIES

TABLEAUX ANCIENS

PROVENANT DE CHEZ FEU

M. le Prince de BEAUVAU, Sénateur

DONT LA VENTE AURA LIEU

HOTEL DROUOT, SALLE N° 7

Le Vendredi 21 Avril 1865

A UNE HEURE ET DEMIE

Par le ministère de Me **CHARLES PILLET**, Commissaire-Priseur,
rue de Choiseul, n° 11,

Et de Me **DUBOURG**, son confrère, rue Laffite, 9,

Assistés de MM. **MANNHEIM**, Experts, rue de la Paix, 10,

Et de M. Ferdinand **LANEUVILLE**, Expert, rue Neuve-des-Mathurins, 78,

Chez lesquels se distribue le présent Catalogue.

EXPOSITIONS { Particulière, le Mercredi 19 Avril 1865,
Publique, le Jeudi 20 Avril 1865,

De une heure à cinq heures.

CONDITIONS DE LA VENTE

Elle sera faite au comptant.

Les adjudicataires payeront *cinq pour cent* en sus des enchères, applicables aux frais.

Paris. — Imprimerie de Pillet fils aîné, rue des Grands-Augustins, 5.

Meubles précieux et Tableaux

PROVENANT DE CHEZ FEU

M. LE PRINCE DE BEAUVAU, SÉNATEUR.

Vente du 21 avril 1865.

Mᵉ *Charles Pillet*, commissaire-priseur ;
MM. *Mannheim* et ***Laneuville***, experts.

Notre collaborateur Pierre Dubois avait bien raison de dire qu'il fallait être millionnaire et plus que millionnaire pour se mettre dans des meubles tels que ceux de M. le prince de Beauvau. Les plus nobles, les plus riches amateurs de Paris se sont partagé ces choses exquises, qui ont produit, au total, la somme de 359,800 francs, sans les frais.

disposition des salles ne permet pas de re-
cevoir des tableaux ayant plus de deux
mètres de hauteur.

SOMMAIRE

—

COURRIER

DÉSIGNATION

DES OBJETS

Meubles

0,000.

1 — Délicieux petit bureau de dame du temps de Louis XVI. *S. M.*
Son dessus, entouré par une galerie en bronze doré à *l'Impératrice*
palmettes découpées à jour, est formé par trois panneaux
en ancien laque du Japon de la plus belle qualité. Celui
du milieu représente un paysage montagneux avec kios-
ques et personnages, dans une bordure burgautée; les
deux autres sont décorés d'ornements en or sur fond noir.

Le pourtour du meuble en bois d'ébène est enrichi de
guirlandes de fleurs, de figures ailées se terminant en
rinceaux et de soleils en bronze ciselé et doré au mat,
appliqués sur un fond d'acier poli.

Les quatre pieds sont formés de cariatides de femmes
se terminant en gaînes, ornées de guirlandes de fleurs;
le tout en bronze doré au mat. L'entre-jambes en laque
noir et aventuriné supporte, à son centre, une corbeille
en bronze doré. Les tiroirs sont couverts intérieurement

et extérieurement par une marqueterie à quadrilles sur fond d'érable.

Ce meuble remarquable, dont les ciselures ont été exécutées par GOUTHIÈRES, a été offert par la reine Marie-Antoinette à madame de Sénone, une de ses dames d'honneur. Long., 82 cent. ; larg., 47 cent.

25. 100.

2 — Très-belle commode de forme droite, à côtés légèrement cintrés, en marqueterie de bois à rosaces et médaillon à attributs. Elle est très-richement garnie de bronzes finement ciselés et dorés au mat par GOUTHIÈRES. Dans la frise supérieure, composée de guirlandes et de festons de fleurs de la plus grande finesse de ciselure, se trouvent les chiffres enlacés de la reine MARIE-ANTOINETTE. Dessus en marbre vert de mer. Larg., 1 m. 24 cent.; prof., 54 cent.; haut., 94 cent.

20, 700.

3 — Très-belle console en marqueterie de bois à rosaces et quadrilles sur fond d'érable, par J. H. RIESENER (signée). Elle est très-richement garnie de bronzes finement ciselés et dorés au mat, à guirlandes de fleurs, rosaces et ornements. Dessus et tablette d'entre-jambes en marbre vert de mer.

Travail précieux du temps de Louis XVI. Larg., 1 m. 27 cent.; prof., 52 cent.

2. 950.

4 — Beau coffre en bois d'ébène garni de cinq plaques en mosaïque de Florence, représentant des oiseaux et des rinceaux exécutés en lapis et en jaspe de diverses nuances sur fond noir. Il est garni d'ornements en bronze ciselé

et doré, avec fruits en relief en jaspe. Long., 48 cent.;
larg., 42 cent.; haut., 34 cent.

10.000 5 — Deux beaux meubles d'entredeux, style Louis XVI, en
marqueterie de bois à rosaces, très-richement garnis d'ornements à rinceaux, de guirlandes de fleurs, etc., en
bronze finement ciselé et doré au mat. Leurs portes sont
ornées de deux très-beaux panneaux en marqueterie de
bois de couleurs sur fond d'érable, représentant des vases
et de larges bouquets de fleurs. Ces panneaux sont attri-
bués à Riesener. Dessus en marbre vert de mer. Larg.,
1 m. 32 cent.; prof., 46 cent.; haut., 1 m. 24 cent.

1.250 6 — Grande console en bois sculpté et doré, à guirlandes
de fleurs détachées et à frise, à rinceaux dorés sur
un fond marbré bleu. L'entre-jambes est surmonté d'un
fort vase à double anses carrées. Larg., 1 m. 40 cent.;
prof., 72 cent.

3.000 7 — Pendule du temps de Louis XIV, en marqueterie de
Boule, cuivre sur écaille, modèle tombeau, garnie en
bronze doré. Sur le devant se trouve une figurine d'amour
assis. Haut., 70 cent.

8 — Grande console en bois sculpté et doré, avec tablette
en porphyre rouge oriental.

160. 9 — Socle de suspension en marqueterie de cuivre sur écaille
de l'Inde, garnie de bronzes dorés.

Travail du temps de Louis XIV.

10 — Belle chaise à porteurs, du temps de Louis XIV, en bois sculpté et doré, ornée d'écussons armoriès et garnie en soie cramoisie.

3,050.

11 — Très-grand bureau à X, du temps de Louis XIII, en marqueterie de bois à fleurs et incrustations d'étain. Larg., 1 mètre 80 cent.; prof., 90 cent.

4.050.

12 — Très-beau lit, en bois sculpté et doré, du temps de Louis XV, à figures d'enfants, ornements et fleurs. Il est garni en soie blanche brodée en soie de couleurs et ganse d'or. Long., 2 mètres 58 cent.; larg., 1 mètre 30 cent.

4.050.

13 — Belle pendule, de forme monumentale, garnie de mosaïques de Florence et de figures et ornements en bronze doré. Haut., 1 mètre 10 cent.; larg., 70 cent.

580.

14 — Deux fauteuils en bois sculpté, du temps de Louis XIV, garnis en satin fond cerise avec fleurs.

1.100.

15 — Jolie chaise longue en bois finement sculpté et doré, du temps de Louis XVI, garnie d'étoffe de soie ancienne fond blanc, à fleurs brodées en soie.

560.

16 — Quatre fauteuils du temps de Louis XVI, en bois sculpté et doré, à médaillons, garnis de damas de soie rouge.

6,0.

17 — Grand canapé du temps de Louis XVI, en bois sculpté et doré, à guirlandes de fleurs détachées, garni en damas de soie rouge.

3 6 0 .

18 — Divan de forme ronde, à dossier en bois sculpté et doré, garni en damas de soie rouge.

Bronzes

1, 900 .

19 — Très-belle coupe en jaspe rouge de Sicile sculptée à canaux creux, très-richement montée en bronze ciselé et doré au mat, par GOUTHIÈRES. Elle repose sur trois pieds de biche à têtes de satyres, avec entredeux de guirlandes de vigne. Au centre du trépied se trouve un serpent, et le socle formé par une plaque de jaspe rouge, repose sur six petits pieds en bronze doré. Haut., 50 cent.

Cette pièce remarquable provient de la vente du duc d'Aumont, qui eut lieu en 1782. Le catalogue de cette vente, que nous avons sous les yeux, porte en marge, à l'objet dont il est question (n° 25), l'indication suivante : Acheté par LEBRUN pour LA REINE.

1. 600 .

20 — Deux très-beaux candélabres du temps de Louis XVI, en bronze finement ciselé et doré au mat, par Gouthières. Ils se composent chacun de trois cariatides de femme se terminant en pieds de biche, et tenant des chaînes se rattachant à des cassolettes en bronze bleui avec ornements dorés au mat. Sur leurs têtes est posé un plateau supportant trois branches à rinceaux, dont le haut se termine par des têtes de chameaux. Trois branches de vigne formant entredeux sont rattachées ainsi que les autres branches par une guirlande de fleurs, à un carquois porte-lumière placé au centre. Haut., 70 cent.

16. 100.

21 — Deux beaux candélabres du temps de Louis XVI, à figures de bacchantes au bronze antique, d'après Clodion. Ces figures reposent sur des socles en bronze doré au mat, à frises de jeux d'enfants et festons de vigne très-finement ciselés Elles tiennent chacune un thyrse d'où s'échappent trois branches de vigne porte-lumières en bronze doré au mat. Haut., 86 cent.

5. 800.

22 — Très-bel encrier du temps de Louis XVI. en bronze finement ciselé et doré au mat.

Il se compose d'un socle carré à angles arrondis, dont le pourtour est enrichi d'un feston de roses ciselées en relief. Quatre aigles aux ailes éployées reposent sur ce socle et supportent l'écritoire, dont le pourtour est orné d'un feston de lauriers et de rosaces et dont le dessus est garni de quatre godets en forme de petits fûts de colonnes cannelées à couvercles, et d'une cassolette ovale à quatre consoles et guirlandes de fleurs. Sur une plaque formant couvercle entre les deux godets de devant, se trouve les armes couronnées de la maison de Savoie. Ouvrage remarquable attribué à Gouthières. Larg., 30 cent.; prof., 22 cent.

4. 150.

23 — Deux très-beaux flambeaux du temps de Louis XVI, en bronze ciselé et doré au mat, modèle à trépied élevé, à têtes d'enfant, guirlandes de fleurs, attributs divers, etc. Ces flambeaux ont été exécutés par Gouthières. Haut., 295 mill.

2. 0 20.

24 — Pendule en bronze finement ciselé et doré au mat, à consoles sur les côtés, et surmontée d'une cassolette ovale à guirlandes de chêne et enrichie de guirlandes de fleurs

3.750.

et d'ornements. Mouvement à quantièmes, de Lépine, à à Paris. Le cadran est orné de guirlandes à émaux en relief.

25 — Deux beaux bras de cheminée, en bronze doré au mat, en forme de lyre à quatre branches de lauriers porte-lumières. Travail du temps de Louis XVI.

2,550. 26 — Deux beaux chenets du temps de Louis XVI, en bronze finement ciselé et doré, à cassolette ovale reposant sur quatre consoles et à socle orné de guirlandes de vigne, couronnes de chêne et ornements.

410. 27 — Deux chenets du temps de Louis XIV, en bronze doré. à vases sur socles à consoles.

12.000. 28-29 — Deux beaux groupes en bronze du temps de Louis XIV. Enlèvement de Déjanire par le centaure Nessus, et enlèvement d'une Sabine par un cavalier. Socles en bronze doré de style rocaille. Ils seront vendus séparément. Haut., 51 cent.

2.620. 30 — Grand buste en bronze, de Louis XIV jeune. Travail de l'époque. Haut., 1 mètre 8 cent.

1.380. 31 — Pendule en bronze doré, du temps de Louis XV, modèle rocaille, avec pied en bois noir et surmontée d'une figure de chinois. Beau travail. Haut. totale, 65 cent.

2.550. 32 — Jolie petite horloge carrée, en cuivre doré, enrichie d'ornements très-finement ciselés, et à pilastres aux angles ornés de têtes de satyres en relief. Le dessus dômé présente des figures d'animaux, des masca-

rons et des ornements finement ciselés et découpés à
jour, et est surmonté d'une figure de guerrier, debout.
Sur la face principale se trouve un cadran portant les
signes du zodiaque, finement gravés sur argent et sur
fond d'émail violet translucide. Travail du XVIᵉ siècle.
Haut., 28 cent.

4 10.

33 — Petite girandole à deux lumières, modèle de Boule, en
bronze doré.

3 oo.

34 — Deux flambeaux en bronze doré, modèle de Boule.
Époque Louis XIV.

Porcelaines

8. 600.

35 — Très-belle jardinière en ancienne porcelaine de Sèvres,
pâte tendre, forme dite éventail, grand modèle, avec socle
de rapport, fond bleu de Vincennes, à riches médaillons
d'oiseaux dans des paysages et ornements en or. Époque
Louis XV. (Lettre F, 1758.) Larg., 29 cent.; haut.,
215 mill.

12, 050.

36 — Belle garniture de trois vases en ancienne porcelaine
de Saxe. Le vase du milieu, de forme ovoïde, à couvercle,
est décoré sur une de ses faces d'un beau médaillon avec
riche bordure représentant des sujets de chasse, et sur
l'autre face d'un bouquet de fleurs; il est monté à culot,
piédouche et gorge en bronze ciselé et doré du temps de
Louis XVI.

Les deux autres vases, en forme de cornet à panse ren-
flée, sont décorés de médaillons sujets de chasse, de guir-

landes de fleurs et d'ornements divers. Ils sont montés
sur des socles à tors de lauriers, en bronze ciselé et doré
du temps de Louis XVI. Haut. du vase du milieu,
67 cent.; haut. des deux autres, 48 cent.

37 — Deux beaux vases en ancienne porcelaine du Japon,
laqués et burgautés, à paysages et figures. Ils sont montés à socles, anses et gorges, en bronze ciselé et doré de
style rocaille. Haut., 65 cent.

38 — Deux grands et beaux vases en Céladon fleuri, à fleurs
et oiseaux, émaillés blanc, bleu foncé et rouge de cuivre
sur fond bleu d'empois. Ils sont montés à socles, gorges
et anses, en bronze doré de style rocaille. Haut., 57 cent.

39 — Deux vases, modèle cassolette, en porcelaine gros bleu,
richement montés, en bronze finement ciselé et doré au
mat, à trépieds surmontés de têtes de béliers, guirlandes
de vigne, couronnes de fleurs et autres ornements. Travail du temps de Louis XVI. Haut., 48 cent.

40 — Deux beaux vases de forme hexagone, en ancienne
porcelaine de Chine, à décor de personnages. Ils sont
montés en bronze doré.

Objets divers

41 — Quatre magnifiques tapisseries, provenant de la tente de
Charles le Téméraire, prises à la bataille de Nancy. Elles
représentent des sujets de chasse au faucon. Objets re-

marquables et du plus haut intérêt. Haut., 3 mètres 55 cent.; larg., 7 mètres 85 cent., et 4 mètres 70 cent.

7.600.

42 — Cassette à bijoux de forme ovale, en cuivre doré, dont le pourtour et le couvercle sont composés d'arabesques et de rinceaux ciselés et découpés à jour. Elle est enrichie des chiffres enlacés de HENRI II et de CATHERINE DE MÉDICIS, exécutés en argent et découpés à jour, et répétés quatre-vingt-onze fois. Travail du XVIe siècle. Grand diam., 40 cent.; petit diam., 30 cent.; haut., 23 cent.

2.040.

43 — Coffret de forme carrée en vermeil, dont les angles sont ornés de pilastres. Le pourtour est garni de quatre plaques en émail de Limoges, dont deux, peintes en grisaille par Kip, représentent des combats de cavaliers ; les deux autres offrent des sujets bibliques peints en grisaille, rehaussés de bleu. Sur le couvercle se trouve une peinture en grisaille sur émail de Limoges, par Jean Pénicaud, qui représente la Vierge assise sur des nuages, tenant son divin fils sur ses genoux. Quatre cabochons de lapis lazuli garnissent les angles du couvercle. Larg., 14 cent. ; haut., 12 cent.

16,100.

44 — Deux très-beaux vases en porphyre rouge oriental de forme ovoïde, à deux anses surélevées et arrondies, prises dans la masse, et garnis de couvercle. Haut., 57 cent.

Ces vases proviennent de la vente du duc d'Aumont. Ils portaient le n° 4 du catalogue de cette vente. Ils furent achetés par JULLIOT pour LE ROI.

TABLEAUX

CANALETTI (Antonio)

Né à Venise en 1697, mort en 1768.

1 — Le Pont du Rialto.

Le canal est couvert de barques chargées de personnages très-spirituellement touchés.

2 — La Place Saint-Marc.

Un nombre considérable de figures circulent dans toutes les directions.

Toile. Haut. 46 cent.; larg. 75 cent.

2500

CLOUET (Janet, dit)

Né à Tours vers 1500, mort vers 1572.

200

3 — Louise de Lorraine, femme de Henri III.

En grand costume de cour d'une extrême richesse. — B. M.
Bordure en bois sculpté.

Bois. Haut. 20 cent.; larg. 14 cent.

DYCK (Antoine van)

Né à Anvers en 1599, mort en 1641.

1,500

4 — Portrait de Marie-Anne Schotten.

très belle peinture.

Cheveux blonds, costume noir, large collerette, ornements de perles.

Ce portrait était fixé sur le monument érigé à cette dame dans l'église de Sainte-Gudule, à Bruxelles.

Ovale. Cuivre. Haut. 58 cent.; larg. 48 cent.

GREUZE (J.-B.)

Né à Tournus en 1725, mort en 1805.

16.700.

5 — Tête de jeune garçon.

Coiffé de cheveux blonds bouclés, le doigt posé sur sa bouche.

Col rabattu sur un gilet violet.

Cette ravissante tête a autant de charme et de grace que si c'était celle d'une jeune fille ; la couleur, la franchise de l'exécution, le modelé, tout indique qu'elle a été faite dans le plus beau moment du maître.

Toile. Haut. 40 cent.; larg. 32 cent.

MIGNARD (Pierre)

Né à Troyes en 1610, mort en 1695.

2.020.

6 — Louis XIV jeune.

Représenté en grand costume royal, debout près de son trône, tenant le sceptre de la main droite.

JEHAN-STEPHAN VON CALCAR

700. 7 — Portrait de Prosper Alexandro.

Représenté debout, vêtu d'un pourpoint noir à manches blanches, tenant de la main gauche la garde de son épée, et appuyant son bras droit sur une balustrade.

Cheveux courts, barbe et moustache blondes.

Toile. Haut. 1 mètre 04 cent.; larg. 82 cent.

TÉNIERS (D.)

Né à Anvers en 1610, mort en 1694.

8 — Choc de cavalerie.

Toile. Haut. 41 cent.; larg. 62 cent.

RED. :

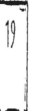

19

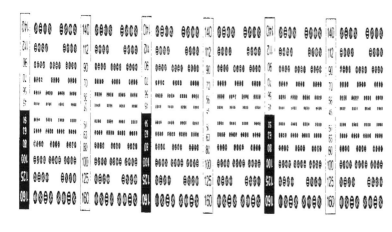

0 1 2 3 4 5 6 7 8 9 10

BIBLIOTHEQUE
NATIONALE
DE FRANCE

****

CHATEAU
DE
SABLE
1995

Imprimé en France
FROC031443180919
22175FR00011B/231/P